CARLOS QUEIROZ TELLES

A cama que sonhava

2ª EDIÇÃO

© CARLOS QUEIROZ TELLES 2003
1ª edição 1993

COORDENAÇÃO EDITORIAL Maristela Petrili de Almeida Leite
EDIÇÃO DE TEXTO Erika Alonso, Lucila Barreiros Facchini
COORDENAÇÃO DE PRODUÇÃO GRÁFICA Fernando Dalto Degan
COORDENAÇÃO DE REVISÃO Estevam Vieira Lédo Jr.
REVISÃO Rita de Cássia M. Lopes
COORDENAÇÃO DE ARTE Wilson Gazzoni Agostinho
EDIÇÃO DE ARTE/PROJETO GRÁFICO Ricardo Postacchini
CAPA Silvia Massaro
ILUSTRAÇÕES Rogério Borges
DIAGRAMAÇÃO Anne Marie Bardot
SAÍDA DE FILMES Helio P. de Souza Filho, Marcio Hideyuki Kamoto
COORDENAÇÃO DE PRODUÇÃO INDUSTRIAL Wilson Aparecido Troque
IMPRESSÃO E ACABAMENTO Log&Print Gráfica e Logística S.A.
Lote: 754637
Código: 12034933

Dados Internacionais de Catalogação na Publicação (CIP)
(Câmara Brasileira do Livro, SP, Brasil)

Telles, Carlos Queiroz, 1936-1993.
 A cama que sonhava / Carlos Queiroz Telles. —
2. ed. — São Paulo : Moderna, 2003. — (Coleção veredas)

 1. Literatura infantojuvenil I. Título.
II. Série.

02-5959   CDD-028.5

Índices para catálogo sistemático:
1. Literatura infantojuvenil 028.5
2. Literatura juvenil 028.5

ISBN 85-16-03493-3

Reprodução proibida. Art.184 do Código Penal e Lei 9.610 de 19 de fevereiro de 1998.

Todos os direitos reservados
EDITORA MODERNA LTDA.
Rua Padre Adelino, 758 - Belenzinho
São Paulo - SP - Brasil - CEP 03303-904
Vendas e Atendimento: Tel. (0__ __11) 2790-1300
Fax (0__ __11) 2790-1501
www.modernaliteratura.com.br
2022

Impresso no Brasil
1 3 5 7 9 10 8 6 4 2

Que bela viagem é a vida

Este livro é dedicado,
com trezentos anos de afeto,
a Maria de São Pedro, Anna da Silveira,
Izabel Francisca e Úrsula de Bittencourt,
minhas distantes avós açorianas.

Um pouquinho de cada uma
continua vibrando
na imaginação que inventou esta história
e nas mãos que escreveram este livro.

DESAFIO

Eu sei que vocês não vão acreditar. Eu sei que vocês vão dizer que eu sou um mentiroso, um contador de histórias. Eu sei que ninguém vai levar a sério este livro... eu sei. Mas eu juro para vocês que tudo o que está escrito aqui é a mais pura das verdades. Duvidam? Duvidam mesmo? Mas que bobagem!

Pensem um pouco, olhem num espelho e respondam honestamente: Onde é que começa a verdade e termina a fantasia? Em que momento exato do sono o sonho se desmancha em realidade? Hein? Como é? Alguém aí sabe?

Pois então aceitem este convite e este desafio: entrem de cabeça na minha história. Abram o coração (a cabeça sempre vem junto) e viajem comigo nesta aventura mágica de muitos meninos e meninas, de muitos tempos e lugares. Coisas e causos de uma família de gente doida, rebelde e aventureira.

Com a graça de Deus, minha gente e minha família.

SUMÁRIO

Caravelas 9

A maldição do pirata! 12

Le Coq Fou 16

Corsários e bancários 20

A cama amarela 24

Primeiro sonho 28

Jones & Holmes! 33

Promessa noturna 40

Segundo sonho 43

Tapuias e tamoios 49

Mais um desaparecido! 55

Terceiro sonho 57

Novas pistas, antigas suspeitas 61

Correntes de amor 69

Menorá! 72

Último sonho 76

De volta aos presentes 87

Epílogo 92

CARAVELAS

Caravelas. Era esse o nome da enseada, da praia e do engenho de cana instalado pelos primeiros açorianos que ali chegaram.

Caravelas. Dois séculos e meio depois de sua construção, o velho casarão da fazenda dava medo. Para quem não o conhecia, é claro. Os morcegos, as corujas, as formigas e as crianças que nele moravam sabiam que tudo ali funcionava muito naturalmente e em perfeita harmonia. Havia espaço para todos naquele universo antigo — pessoas e animais. É claro que às vezes aparecia algum inimigo comum. Os ratos e as cobras, por exemplo, não eram bem recebidos por nenhum dos viventes do pedaço.

Tonico, com pouco mais de dez anos, tinha sido criado dentro das regras do lugar e sabia muito bem distinguir e evitar uma situação de

real perigo. O resto era lenda da região. Os caboclos e os caiçaras murmuravam que a casa da Caravelas era muito mal-assombrada... Ali também viviam outros habitantes!

"Nas madrugadas de lua cheia as portas se abrem sozinhas e as janelas rangem como se quisessem se soltar dos batentes...", diziam uns em voz baixa.

"Parte da casa foi construída com madeirame de velhos navios naufragados... Quando venta muito forte, as telhas se sentem velas, os alicerces tremem querendo se desprender do solo e a casa tenta sair navegando pelo espaço! Saudades do mar...", comentavam outros.

Tonico, muito esperto e bem informado das coisas de sua família, sabia que pelo menos uma parte dessa lenda era verdadeira. Quando o casarão fora erguido por seus antepassados, lá pelo ano de 1730, haviam sido aproveitados pedaços de madeira recolhidos na praia — destroços de uma grande escuna francesa naufragada nas imediações da ilha.

"Quando acabaram de construir a casa, com medo de que o mar a arrastasse numa noite de tem-

pestade, os moradores enterraram uma âncora no seu porão! Coisa de bruxaria!", murmuravam os velhos do lugar, fazendo o sinal da cruz.

Na história de Caravelas havia espaço para todas as lendas e superstições: tesouros, piratas, fantasmas, brigas envolvendo brancos, negros e índios. Sonhos de riquezas desaparecidas: ouro das Gerais e prata do Potosi... Casos misteriosos nunca resolvidos, pedaços de verdade embrulhados com fantasia, tudo igual na imaginação das gentes.

Caravelas! O menino Tonico sentia que todas as histórias que envolviam a fazenda tinham pés bem fincados na realidade. Na sua cabeça e em seu coração, nada era apenas invenção. Nem mesmo a história aventurosa de seus primeiros avós, da velha escuna naufragada, da fortuna desaparecida...

A MALDIÇÃO DO PIRATA!

Sentado na Lapa das Gaivotas, uma grande rocha que se projetava do costão em direção ao mar aberto, Tonico olhava a paisagem ensolarada. O casarão, quase encostado nos pés da montanha, as ruínas da senzala e do velho engenho, a praia...

"Tudo a perigo!", ele pensava preocupado.

A família nunca tinha atravessado um período de tão grandes dificuldades, desde a fundação da fazenda. Pelo que seu pai contava, memória dos avós de seus avós, muitos momentos difíceis haviam sido superados sem que fosse preciso vender um só centímetro daquelas terras. A crise da cana, a crise do anil, a crise do café...

De uma forma ou de outra, os velhos Prates sempre tinham conseguido superar os sucessivos aper-

tos financeiros sem precisar se desfazer de Caravelas — geração após geração. Dessa vez, porém, a situação estava mais difícil.

— Maldita hipoteca... — Tonico resmungou.

O menino não sabia muito bem o que era a tal de hipoteca, mas estava bem claro que, se o pai não pagasse uma dívida para o banco até o final do mês, eles teriam de entregar a fazenda. O dinheiro tinha sido usado para tentar recuperar o velho engenho e instalar novos equipamentos para produção de bebidas especiais — uma tradição da fazenda. Infelizmente, nada tinha dado certo. Os equipamentos chegaram atrasados e, por mais que seu pai se esforçasse, a destilaria ainda não estava produzindo.

Agora, tudo dependia de o novo gerente do banco conceder um adiamento ou renovar a hipoteca. Na noite anterior, Tonico tinha ouvido o pai se lamentar:

— Mais quinze dias, só mais quinze dias!

É... mas pelo visto os Prates não teriam nenhum minuto de prazo extra para quitar a tal

dívida. E o tempo estava correndo! Eles tinham apenas duas semanas para salvar uma história de mais de duzentos e cinquenta anos!

Nessas horas, era sempre lembrada a velha lenda de uma maldição que pesava sobre a família Prates e a Caravelas. A maldição do corsário francês Pierre Maurice Lacombe Fenelon, mais conhecido nos sete mares como o sanguinário Le Coq Fou, cuja escuna afundara no canal em frente à fazenda:

"Eu voltarei! Eu voltarei!"

Consta que, depois de tentar inutilmente saquear a fazenda, ele afundou com sua embarcação berrando as piores imprecações para os velhos Prates — pai, mãe e filha —, que tinham acabado de chegar àquele lugar. De todas as suas pragas, uma passou de geração para geração:

"Vocês vão perder tudo! Essa terra ainda há de ser minha! Nem que eu volte do inferno! Daqui a um, dois ou dez séculos eu virei buscar o que é meu!"

Tonico, arrepiado com a lembrança da história, aguçou o ouvido. O vento soprou mais forte e trouxe do mar um ruído estranho, mistura de marulho de ondas, canções de piratas e velhas maldições:

"Je reviendrais... je reviendrais..."

LE COQ FOU

A história verdadeira do ataque dos piratas a Caravelas nunca tinha sido bem contada. Sabia-se com certeza que Le Coq Fou era um corsário ousado, especializado em atacar escunas e veleiros que voltavam para a Europa com carregamentos de prata embarcados em São Vicente e Paraty.

Ele ganhara o apelido de Galo Maluco porque antes dos ataques e das abordagens costumava se empoleirar no mastro mais alto da escuna e, lá de cima, agitando a temida bandeira negra e um chapéu enfeitado com penas de urubu, ficava cantando, gritando e dando ordens para os seus comandados.

A prata que ele costumava roubar era extraída das minas espanholas do Peru, e só chegava ao Brasil depois de milhares de quilômetros de

viagem em lombo de mulas... e de índios. O metal era fundido e trabalhado em Araçoiaba da Serra, uma pequena aldeia, perto da Vila de São Paulo. Depois, já em forma de baixelas e castiçais, descia a serra para ser embarcado para Portugal.

Toda a operação era feita no maior segredo... Afinal, contrabando é contrabando! Para atrapalhar esse belo negócio, surgiu Pierre Maurice Lacombe Fenelon! O francês tinha um faro aguçado. Escondido nas ilhas da Baía de Angra dos Reis ele ficava meses aguardando a sua próxima presa... E nunca atacava embarcação ou tripulação errada. O que ninguém jamais descobriu foi o paradeiro dos tesouros saqueados. As versões eram muitas:

"Le Coq Fou tem um parceiro que leva as pilhagens para a França..." "As pratas estão enterradas. Quando ele terminar os saques vai carregar tudo de uma vez..."

De todas essas histórias, apenas uma parecia ser certa:

o ataque frustrado à fazenda Caravelas. Le Coq Fou apareceu no canal num fim de tarde e ficou furioso quando descobriu que o lugar tinha sido recentemente colonizado por uma família açoriana e alguns agregados. Depois de dar tiros de canhão contra a casa que estava sendo construída, ele tentou aportar perto da praia — e certamente teria conseguido se uma terrível tempestade não tivesse chegado junto com a noite.

"*Au secours! Merde!*"

Apesar dos raios e dos trovões, podiam-se ouvir da praia os gritos dos piratas subitamente envolvidos pelo vendaval. Le Coq Fou, agarrado como sempre ao mastro central, não tirava os olhos do casarão. O corsário parecia enlouquecido e, quando percebeu que sua escuna estava adernando e ia virar, começou a ameaçar e insultar os colonos recém-chegados. Consta que um relâmpago providencial terminou o serviço.

Na manhã seguinte, quando a tempestade amainou, somente alguns restos de madeira espa-

lhados pela praia diziam que por ali tinha passado um dos mais famosos piratas franceses...

Em reconhecimento a Deus pelo milagre de terem sido salvos do ataque de tão temido facínora, os colonos usaram as sobras do naufrágio para construir um altar na capela interior do casarão. Ali, entre destroços de quilhas e pedaços de mastros, foi solenemente colocada a imagem de São Jorge — o guerreiro.

Durante muitos anos, os Prates se perguntaram por que teriam sido atacados com tamanha fúria. Com o tempo, o caso foi sendo esquecido, e Le Coq Fou transformou-se numa espécie de padroeiro sobrenatural da família. À noite, antes de dormir, as crianças das novas gerações adoravam pedir aos pais para que contassem a chegada aventurosa dos avós.

Tonico era o mais moço dessa longa linhagem familiar de meninos valentes e meninas corajosas, criados à sombra das lendas de Caravelas. E, talvez, fosse o último. Se o seu pai não conseguisse pagar a dívida a tempo, adeus fazenda, adeus sonhos, adeus piratas...

CORSÁRIOS E BANCÁRIOS

Perdido em seus pensamentos e lembranças, Tonico nem percebeu que a manhã já ia alta. A maré, lambendo a base da Lapa das Gaivotas, era sinal seguro de que estava chegando a hora do almoço. O menino olhou em volta e sentiu, de repente, que não poderia viver longe daquele lugar. A velha casa, a praia, os coqueiros... aquilo era mais do que a sua vida.

"Preciso fazer alguma coisa para ajudar meu pai", pensou.

Num salto ágil ele pulou do rochedo para a areia. Mais uma corrida, e o corpo furou a primeira onda que se aproximava. Moleque criado na praia, corpo queimado desde pequeno, Tonico conhecia aquele mar como um peixe. Sabia das profundidades, das pedras, das correntezas, das manhas da maré.

Depois de refrescar o corpo e a cabeça com meia dúzia de mergulhos, o garoto saiu da água salgada pelo riacho de águas doces e claras que descia da montanha, passava ao lado da casa e desaguava no mar. Pulando entre os grandes pedregulhos e assustando peixinhos, em poucos minutos ele chegou ao velho jardim gramado.

Pelo cheiro que descia da varanda, Tonico percebeu que estava chegando na hora certa...

— Huuummmm! Hoje tem croquete de banana!

Era o seu prato predileto. Subiu a escada de dois em dois degraus e foi correndo trocar o calção molhado. Contrastando com a alegria do filho, o pai e a mãe, já sentados na grande mesa, eram a imagem do desânimo e da tristeza. Tonico nem precisou perguntar o que estava acontecendo.

— Mais uma manhã perdida... — o pai reclamou.

O menino suspirou fundo e percebeu, naquele instante, que o mar e o sol não iluminavam mais os olhos das pessoas daquela casa. Se

ele não fizesse alguma coisa para salvar pelo menos a esperança...

— Pai, eu queria te ajudar. O que é que eu posso fazer?

— Obrigado, filho — foi a mãe que respondeu, evitando aumentar a emoção do marido.

— Mas deve haver algum jeito... — Tonico insistiu.

Dessa vez o pai sentiu que precisava responder:

— É difícil explicar o que está acontecendo, meu filho, mas o novo gerente do banco parece que está a fim de tomar a terra da gente. Ele não aceita nenhuma garantia, nenhuma proposta... Todos dizem que já existe um interessado disposto a comprar Caravelas do banco. É jogo de cartas marcadas.

— Como é que ele se chama? — cortou o menino.

— Pierre... É descendente de franceses, pelo que falam na vila. Ninguém vai com a cara do homem — informou o pai.

Nesse momento uma ideia maluca estalou na cabeça do menino. Aquele nome francês não lhe era estranho...

— Pierre, Pierre... Pierre Maurice Lacombe Fenelon! O pirata francês! É ele que está de volta! — a conclusão do raciocínio acendeu um brilho de primeira grandeza nos olhos de Tonico.

Os adultos não entenderam a súbita animação do menino.

— Pirata! Mas que pirata, meu filho? — perguntou a mãe.

— Nosso Pierre é outro... — suspirou o pai.

Para Tonico, a conclusão paterna não parecia tão lógica assim. Havia a lenda da maldição, a ameaça da volta no futuro e da vingança contra os Prates.

— Quem sabe? Quem sabe... — ele murmurou para si mesmo.

O menino decidiu, na hora, que a sua ideia merecia uma investigação. Assim que o almoço terminou, o garoto saiu correndo da mesa disposto a procurar alguma pista que ligasse a maldição do pirata... à maldição da hipoteca.

A CAMA AMARELA

Enquanto o pai voltava ao engenho para tentar acertar o ponto das bebidas nos novos alambiques, o decidido Tonico também partiu para a luta. Mas... por onde começar? O menino calculava que, em algum lugar daquela casa, deveria haver pelo menos um indício capaz de provar a ligação entre os dois Pierres. Se ele encontrasse a pista...

— O porão! — berrou Tonico.

O velho porão, sempre fechado, guardava trastes e memórias de mais de duzentos anos de história daquela casa. Geração após geração, pais e mães juravam que "Um dia desses mando dar uma limpeza geral naquele lugar!".

Há mais de dois séculos, o tal "um dia desses" ainda não tinha chegado. E, a cada ano, nova porção de velharias atulhava ainda mais o porão.

— É por lá que eu vou começar — decidiu Tonico.

A única entrada era uma portinhola baixa, perto do lenheiro da cozinha. Como Tonico imaginava, ela não estava trancada. Com um empurrão mais forte e muitos rangidos de dobradiças enferrujadas a portinha se abriu. Um cheiro forte de umidade escapou para fora, quando a luz do sol bateu na soleira apodrecida.

O menino respirou fundo, criou coragem e entrou de quatro no porão. Assim que a vista se acostumou com a penumbra do ambiente, Tonico percebeu que o piso era rebaixado. Desceu dois degraus e conseguiu ficar em pé.

— Puxa! Como isso é grande!

O porão ocupava toda a extensão da casa. Pilares e muretas de pedra serviam de alicerce para o piso e as paredes do andar de cima. Algumas frestas nos muros externos permitiam que raios de luz cortassem a escuridão como espadas.

Com muita calma, Tonico começou a avançar. O porão estava atravancado por móveis,

objetos antigos, malas... tudo coberto por uma camada grossa e esbranquiçada de poeira e de bolor. Algumas teias de aranha completavam o sinistro cenário. O garoto decidiu dar uma investigada geral em todo o ambiente antes de começar a remexer nas velharias.

— Que calor!

O lugar era um forno. O suor começou a escorrer pelo rosto e a empapar a camiseta do menino. Vendo com muito cuidado onde punha os pés e desviando dos objetos maiores, ele começou a sua investigação. Ao mesmo tempo, ia traçando um mapa mental de cada canto.

"Atrás do armário, tem uma banheira... Depois do baú, o cata-vento de ferro e uma pilha de gavetas... Passando a mesa rachada está... a cama amarela!"

Tonico parou admirado contemplando a sua descoberta. No meio daquele amontoado de coisas sujas e estragadas, a cama parecia um milagre de conservação.

"Que coisa mais esquisita... ", ele pensou.

A velha cama metálica, pintada de um amarelo muito vivo e alegre, parecia ter sido usada ainda na noite anterior. O colchão macio, recheado com crina de cavalo, e um gordo travesseiro de paina estavam dobrados junto à cabeceira. Tonico não resistiu à tentação. Esquecendo por um momento sua missão detetivesca, o menino arrumou o colchão e o travesseiro e jogou o corpo sobre a cama.

— Que delícia!

Com as pernas esticadas, Tonico sentiu o colchão sob as costas... A cama parecia ter sido feita sob medida para o seu peso e tamanho. Apesar do calor, o garoto fechou os olhos dominado por uma enorme sensação de bem-estar. Era como se ele tivesse encontrado um ninho. A imaginação se soltou, e o estômago cheio fez o resto do serviço.

Em poucos segundos, Tonico caiu no maior sono.

PRIMEIRO SONHO

— Olá, menino!

Tonico, adormecido, agitou-se na cama.

— Olá, menino! — a voz insistiu.

Que coisa estranha! Tonico sabia que estava dormindo... e ao mesmo tempo ouvia com clareza aquela voz diferente chamando por ele. Abriu os olhos devagar e viu, de pé, junto da cama, um menino mais ou menos da sua idade, muito parecido com ele.

— O que é que você está fazendo na minha cama? — o garoto perguntou.

— Sua cama! Mas...

De repente Tonico se lembrou do porão vazio, da cama amarela, do sono gostoso... e teve certeza de que tudo aquilo era apenas um sonho. Virou a cabeça para o outro lado, para ver se o incômodo visitante desaparecia. Não adiantou...

— Minha cama, sim — a voz do garoto confirmou.

Inútil fazer de conta que a cena era irreal. Sendo assim, o melhor era enfrentar a situação. Tonico suspirou fundo, sentou-se no colchão e encarou o menino. Engraçado o tal garoto. Vestia uma camiseta de gola fechada e um calção muito esquisito que chegava até os joelhos.

— Meu nome é Tonico. E você, como se chama?

— Adalberto... mas todos na família me chamam de Beto.

— Estranho... — respondeu Tonico. Meu avô, pai de meu pai, também se chamava Adalberto. Pena que eu não o tenha conhecido.

— Você quer brincar? — perguntou o Beto. — Eu ganhei um bilboquê no meu aniversário.

— Um bilbo o quê? Que diabo é isso?

Dessa vez quem se espantou foi o Beto.

— Ora, ora... você está querendo se divertir à minha custa. Pois então me diga com o que você costuma brincar.

— Pesca submarina e videogueime! — foi a resposta automática.

— Vídeo o quê? — perguntou Beto, abismado. — Eu nunca ouvi falar nesse brinquedo. Deve ser alguma novidade da Europa...

Tonico percebeu então que aquela conversa desencontrada não ia levar a nenhum lugar. Parecia que ele e aquele menino esquisito tinham nascido em planetas diferentes. A única coisa que os dois tinham em comum era a semelhança física e... Beto também deve ter pensado a mesma coisa, porque perguntou:

— Como é que você veio parar na minha cama?

— Ela estava jogada no porão da minha casa... Eu estiquei o colchão, deitei... e dormi. Aí apareceu você.

Os dois se entreolharam assustados. Aque-

le caso estava ficando cada vez mais estranho. Dessa vez, foi Beto quem resmungou:

— Eu também estava dormindo quando você apareceu...

— Então... Espera aí! — disse o Tonico — Quer dizer que, se eu entrei no seu sonho...

— ... eu também entrei no seu! — emendou o Beto.

Os dois acharam graça na ideia e começaram a rir. Finalmente estavam de acordo com alguma coisa.

— E o que é que você veio fazer no meu sonho? — perguntou o Beto.

Com jeito, o Tonico começou a explicar o caso das dificuldades financeiras do pai, da dívida, da hipoteca... e do tal Pierre que estava querendo tomar a fazenda. Quando ouviu o nome do francês, quem se assustou foi o Beto. Aquela história estava lhe parecendo muito familiar...

— Como é o seu nome inteiro, Tonico? — perguntou o Beto.

— Antônio Prates.

— E o pai de seu avô, por acaso, também não se chamava Antônio?

— ... Prates — completou Tonico. — Pelo que eu sei, Antônio é um nome muito comum na família.

— Meu Deus! — gemeu Beto, sentando-se na cama.

— Qual é o problema? — assustou-se Tonico.

— Você ainda não percebeu?

Só então Tonico se deu conta de que as coincidências estavam passando dos limites: parecença, cama, nomes, sobrenome...

— Então... nós somos parentes!

— Mais do que parentes — completou Beto. — Você deve ser...

— ... o seu neto! — berrou Tonico.

— É o que eu também estou achando... — concluiu o Beto.

JONES & HOLMES!

Passado o susto, uma simples troca de informações sobre datas e lugares confirmou a estranha suspeita de parentesco. Os dois meninos moravam na mesma ilha, na mesma fazenda, na mesma casa... e tinham a mesma idade: dez anos. A única diferença é que Tonico vivia em 1990 e Beto vivia em 1914. Fora esses pequenos setenta e seis anos de separação... nada impedia que agissem como bons amigos e companheiros.

Resolvido o difícil problema das identidades, Tonico continuou a explicar as razões da sua incursão ao porão da casa. Quando a narrativa da aventura chegou ao pedaço da maldição do pirata, o menino de 1914 mostrou que estava a par do enredo:

— O Galo Maluco, eu sei. Meu pai sempre

me conta essa história. Parece que o tal francês estava procurando um tesouro que tinha sido enterrado nesta casa.

— Como é que é? — perguntou o Tonico.
— Esse detalhe ninguém me contou. Acho que alguém da família perdeu o melhor pedaço da história pelo meio do caminho.

Beto concordou com a cabeça:
— É... pode ser. Quem conta um conto aumenta... ou diminui um ponto.

A possibilidade da existência do tesouro fez os olhos de Tonico voltarem a brilhar com intensidade máxima. Sinal seguro de ideia quente.

— Se a gente encontrar esse tesouro, meu pai poderá pagar a dívida e salvar Caravelas. O que mais que você sabe? Conta! Conta!

A possibilidade de ajudar o inesperado neto a salvar

as terras da família também mexeu com a imaginação de Beto:

— Quem contou essa história para o meu pai foi a minha avó Clarinha. Ela também deve ter escutado dos seus pais e avós. E tem mais... Até hoje, há quem diga que o tal pirata não morreu no naufrágio. Mas isso é coisa que ninguém prova.

— Essa não! Bem que eu desconfiava que o Pierre do banco devia ter alguma ligação com o salafrário. Deve ser descendente do Galo Maluco.

Dessa vez foram os olhos de Beto que explodiram de luz. Coisa de família...

— Você tem razão! Então é isso! Aquele homem que apareceu por aqui com uns documentos falsos, dizendo que a terra era dele... também devia ser da família dos bandidos! O malandro tinha um sotaque esquisito, cheio de bicos e de sssss!

— E o que é que seu pai fez? — perguntou Tonico.

— Conversou com o delegado... e tocou o crápula daqui para fora com três tiros de sal gros-

35

so no traseiro. O homem fugiu berrando de dor e jurando vingança!

— Bem-feito! Gostei desse pedaço. Pena que meu pai tenha assinado a tal hipoteca e não possa repetir o tratamento. Mas, assim mesmo, se a gente achasse o tesouro...

Beto caiu na risada:

— Seu pai... seu pai e meu filho! Preciso me acostumar com a ideia. Como é que ele se chama?

Agora foi a vez de Tonico se divertir com o avô-menino:

— Como é que vou saber? Ele ainda não nasceu!

Pensa que pensa, conversa que conversa, imagina que imagina, os meninos chegaram a duas notáveis conclusões. Empolgados com a própria argúcia, resolveram registrar as ideias num caderno velho que estava por ali.

Com letra caprichada, usando tinta e uma caneta feita com a pena de um ganso, Tonico mostrou a Beto como era bom de escrita:

1. Se os descendentes do corsário Le Coq Fou, depois de tanto tempo, ainda andam atrás das nossas terras, é porque o tesouro deve existir mesmo.

2. Já que a história verdadeira vem se perdendo através do tempo, é preciso falar com alguém que tenha vivido na época dos primeiros acontecimentos.

Terminada a escrituração das descobertas, os dois orgulhosos detetives concederam-se alguns modestos elogios:

— Eu me sinto o jovem Indiana Jones! — comentou Tonico.

— E eu o velho Sherlock Holmes... — emendou Beto.

— Desse, pelo menos, eu já ouvi falar... — comentou o neto.

O passo seguinte foi tentar descobrir qual seria o passo seguinte da investigação.

— Se a gente conseguisse falar com a minha avó Clarinha... — disse Beto. — Afinal, esta cama também foi dela.

— É, mas para isso precisamos descobrir como é que nós dois conseguimos nos encontrar aqui — ponderou Tonico.

Beto, que adorava ler os romances de Júlio Verne, soltou a imaginação e mergulhou na fantasia:

— Para mim esse móvel deve ser uma espécie de máquina de viajar no tempo!

Tonico concordou:

— Pode ser... Quem sabe funciona como o automóvel do filme *De volta para o futuro*!

— Automóvel? Filme? — a cara de espanto de Beto mostrou que ele não tinha entendido nada. Tonico logo retrucou:

— Esquece, esquece... Essas palavras ainda não existem. Elas servem para designar coisas que vão ser inventadas... ou ainda não apareceram por aqui. Um dia você vai entender.

Depois de muito especular, os meninos che-

garam à conclusão de que a única coisa que poderiam fazer era deitar na cama, fechar os olhos, dormir... e esperar que o milagre se repetisse.

— Então... vamos lá! — animou-se Beto, esticando-se em cima do colchão.

— Será que ela aguenta transportar nós dois? — ponderou Tonico.

— Sei lá... Mas, assim como você me conheceu, eu também quero conhecer a minha avó! — protestou Beto, antes que fosse despejado daquele tapete mágico.

— Está bem... se der para carregar só um, ela que escolha quem vai e quem fica — suspirou, conformado, Tonico.

Beto, que não estava gostando nada da conversa, cortou o papo com sua autoridade de avô:

— Agora, silêncio, menino! Nesta casa, é proibido discutir com os mais velhos!

Beto deitou-se com a cabeça voltada para o lado oposto à cabeceira. Os garotos fecharam os olhos, relaxaram o corpo e, em poucos minutos, adormeceram profundamente.

PROMESSA NOTURNA

Quando Tonico não apareceu para jantar, seu pai e sua mãe ficaram assustados. Procura daqui, procura dali... nada do menino. Para piorar as coisas, ninguém tinha visto o garoto a tarde inteira. A mãe começou a ficar aflita:

— Onde será que esse menino se meteu?

Depois de algum tempo, o pai foi percorrer pessoalmente todos os lugares que Tonico mais gostava de frequentar. A noite de lua cheia facilitava a busca. Primeiro o riacho, depois a Lapa das Gaivotas. Do alto do rochedo, podia-se ver toda a extensão vazia da praia. Nem sinal do filho!

— Aqueles olhos brilhando na hora do almoço... Ele estava com alguma ideia na cabeça — o pai murmurou preocupado.

De volta ao casarão, ele procurou tranquili-

zar a esposa. Tonico era um ótimo nadador, conhecia seus limites e nunca se arriscava além deles. Também era prudente quando andava pela montanha, e saberia se defender se topasse com algum animal...

— Fique certa de que ele vai aparecer a qualquer momento.

No fundo do coração, o pai sentia que nada de mal estava acontecendo ao filho. Mas isso não bastava para sossegar a sua consciência e acalmar a mulher. Depois de alertarem a polícia da região por telefone, os dois perceberam que não podiam fazer mais nada além de esperar. Esperar e rezar.

O altar da capela da casa, construído com os restos da lendária escuna naufragada, parecia tremer com o vaivém das chamas das velas. Luzes, ondas, marés...

— Ave-Maria, cheia de graça...

A estátua de São Jorge, padroeiro da ilha onde habitavam os antepassados açorianos, sorria na sua eterna vitória sobre o dragão dos abismos.

— ... o Senhor é convosco, bendita sois vós...

Ajoelhados à sua frente, tal como, antes deles, tantas outras gerações de pais e mães daquela família, um homem e uma mulher rezavam pedindo proteção para o filho.

Quando as batidas agudas do velho relógio da sala avisaram que tinha começado um novo dia, a mãe, em silêncio, fez uma promessa:

— Não me importa perder Caravelas, desde que eu encontre meu filho.

SEGUNDO SONHO

Dessa vez a chegada foi sensacional... A dona da cama abriu os olhos antes dos visitantes. E os dois meninos acordaram encharcados pela água derramada de uma velha moringa... De pé, em cima de um banquinho colocado ao lado da cama, uma menina muito brava se preparava para dar continuidade ao banho:

— Já para fora da minha cama!

Antes que a tempestade recomeçasse, Tonico e Beto trataram de obedecer à ordem com a maior rapidez possível. Vestida com uma touca branca e uma camisola cheia de fitas, a mocinha não estava para brincadeiras. Já fora do alcance da água da moringa, os dois murmuraram:

— Acho que deu certo...

— Agora vamos tratar de acalmá-la...

Perfilados, com a cara mais inocente do mundo, os dois permaneceram quietos e imóveis enquanto a menina examinava com a maior seriedade suas caras e suas roupas.

— Quem são vocês e o que é que estão fazendo aqui?

Beto, certo da sua condição de parente mais próximo da autoritária criaturinha, impediu Tonico de iniciar a explicação:

— Deixe que eu falo. Afinal de contas ela é a minha avó.

— Avó!? — berrou a menina. — Vocês são doidos... eu vou já chamar o meu pai.

Os garotos gelaram com a ameaça. Se algum adulto invadisse o sonho... podia quebrar o encanto da cama e interromper a viagem. Num gesto teatral, Tonico jogou-se aos pés da furiosa antepassada e declamou um emocionado improviso:

— Por favor, não faça isso!

Os Prates precisam da sua ajuda! Só você pode salvar Caravelas! Nós somos amigos!

Beto entrou na onda do neto, ajoelhou-se diante da menina, e continuou a arenga dramática:

— Veja as nossas roupas! Nós viemos de muito longe só para falar com você. Ouça o que nós temos para lhe contar!

Envaidecida e orgulhosa com a força de sua autoridade, capaz de jogar dois jovens cavalheiros aos seus pés, a menina resolveu dar uma trégua aos visitantes. Pegou uma boneca que tinha caído da cama durante a operação chuveiro, sentou-se no banquinho e iniciou o interrogatório:

— Está bem... Como é que vocês se chamam?

— Eu me chamo Tonico, e o meu... quer dizer... e ele é o Beto.

— E nós dois somos Prates... — continuou Beto. — Como você, eu acredito.

A menina ficou em silêncio olhando alternadamente a cara de cada um dos meninos. Depois voltou ao ataque:

— Quero uma prova de que vocês são mesmo da minha família.

Beto suspirou fundo e arriscou:

— Você se chama... Clarinha!

A menina e a boneca não mexeram uma pálpebra. Mais animado, Beto continuou:

— Os avós dos seus avós vieram dos Açores para morar nesta ilha. Quando chegaram aqui foram atacados por um pirata francês. A escuna dele naufragou no canal, em frente à praia.

Pela primeira vez, desde a chegada dos heroicos viajantes, a garota ameaçou um leve sorriso.

— Está bem, eu me chamo Clarinha. Agora me digam: como era o nome do pirata?

— Pierre Maurice Lacombe Fenelon, mais conhecido como Le Coq Fou! — respondeu Tonico com firmeza.

— Uma última pergunta — continuou Clari-

nha. — Quem me garante que vocês não fazem parte do bando desse condenado, e vieram aqui para tentar invadir mais uma vez a nossa casa?

Os meninos se entreolharam preocupados. Duas perguntas passaram pelos seus olhares:

— Bando? Que bando seria esse?

— Invadir a casa outra vez? Será que também nesse pedaço de tempo o inimigo da família estava agindo?

Preocupada com a troca de olhares entre os meninos, a desconfiada Clarinha ficou de pé e voltou ao ataque:

— Se vocês fossem mesmo da minha família, saberiam que no ano passado Caravelas foi cercada por uma malta de mercenários comandados por um francês que ninguém sabe de onde veio. Por sorte, meu pai conseguiu expulsá-los com a ajuda dos escravos libertos. Se os negros ainda estivessem no cativeiro, não teriam lutado como lutaram para defender as nossas terras.

— Outro francês! — exclamou Beto.

— Mas... não estranhe a pergunta. Em que ano nós estamos? — quis saber Tonico.

— Mil oitocentos e sessenta e três, é claro! Afinal... de onde vocês estão vindo?

Beto sentiu que estava na hora de abrir o jogo com Clarinha. Se ela conseguisse entender e aceitar a história da cama...

— Por favor, Clarinha. Confie na gente. Nós estamos precisando mesmo da sua ajuda. Viemos de muito longe para conversar com você. Escute a nossa história.

A menina sentiu muita sinceridade na fala de Beto. E resolveu ouvir o que ele tinha para dizer. Além do mais, ela também estava ficando muito curiosa para descobrir o que havia por trás de todo aquele mistério. Deixou a boneca sobre a cama, sentou-se de novo no banquinho, cruzou os braços sobre as pernas e, só para não perder o comando das ações, ordenou com voz firme:

— Pode falar.

TAPUIAS E TAMOIOS

Com muita calma e escolhendo com cuidado as palavras, para não assustar a menina, Beto desfiou para Clarinha a aventura em que ele e Tonico estavam metidos. Falou da hipoteca, falou da cama, falou dos sonhos, falou da necessidade de descobrirem se o tal tesouro existia mesmo e da possibilidade de salvarem Caravelas.

Enquanto o avô falava, Tonico tratou de dar uma espiada em volta. Apesar da penumbra, o porão era o mesmo, só que muito mais vazio. Alguns objetos ele logo reconheceu. O cata-vento e o baú ainda estavam ou estariam na sua casa em 1990. Outras coisas pareciam ter desaparecido no futuro. Entre elas, uma velha âncora enferrujada e um estranho candelabro de muitas pontas.

Conforme tinha prometido, Clarinha ouviu

toda a narrativa em silêncio, sem mexer uma única pálpebra. Era como se nada daquilo tivesse qualquer relação com ela.

"Mas que garota esquisita!", pensou Tonico.

Depois que Beto terminou a história, a menina fechou os olhos, abaixou a cabeça e ficou um tempão decidindo se acreditava ou não na conversa daqueles dois malucos.

Os meninos, na maior ansiedade, esperavam a sentença da implacável senhorita. Ah... a alma feminina! De repente, com a maior das calmas, Clarinha deu um suspiro, encarou Beto e perguntou:

— Já que você é meu neto, quantos filhos eu vou ter?

— Seis. E eu sou... quero dizer, serei filho do mais velho — foi a resposta seca e firme.

O olhar de Clarinha subitamente ficou mais profundo. Pela primeira vez na vida, ela experimentou o prazer protetor de ser mãe e de ser avó. Aqueles dois meninos... A garota, amadurecida num instante mágico, sentiu que seu tempo de

brincar com bonecas tinha terminado. Agora, o único dever era ajudar Beto e Tonico a salvarem Caravelas.

— O que é que vocês querem saber?

— Tudo o que você tenha ouvido falar sobre o tesouro e o pirata — respondeu Tonico.

Com muita tranquilidade, a menina começou a contar o que sabia:

— No ano passado, quando os bandidos tentaram invadir Caravelas, eu ouvi meu pai e minha mãe conversarem muito sobre coisas do passado. Eles estavam preocupados em armar os antigos escravos da fazenda para defender as terras, e tentavam se lembrar de tudo que pudesse ajudá-los na luta.

Clarinha fez uma pequena pausa. Os meninos, imóveis, mal respiravam para não interferir nas lembranças da menina.

— Uma noite, depois do jantar, deitada na rede da varanda, eu esperava o sono chegar. Como eu estava muito quieta, papai e mamãe acharam que eu já estava dormindo. Das muitas coisas que eles falaram, uma me impressionou muito. Papai dizia que meu avô Gregório tinha conhecido um velho índio tapuia, que havia assistido ao naufrágio da escuna. Esse índio tinha jurado para meu avô que a nossa praia já era o refúgio preferido do pirata muito antes de nossos antepassados chegarem por aqui.

— Interessante, muito interessante... — grunhiu, baixinho, Beto.

— O índio dizia também que o pirata passava horas sozinho no lugar onde depois foi construída esta casa. Ninguém podia chegar perto dele nessas horas. O Galo Maluco ficava mais maluco ainda e ameaçava matar quem quer que o seguisse.

— Só pode ser o tesouro — concluiu logo Tonico.

— Era o que meu avô também achava — Clarinha informou. — Mas ele sabia mais. O tapuia tinha lhe falado alguma coisa sobre um sinal, uma marca... Disso, porém, meu pai não se lembra. Nem minha avó, que foi quem passou essas informações para meu pai.

— E o seu avô Gregório...

Clarinha cortou a pergunta de Tonico com a resposta:

— Morreu muito moço, pouco depois de se casar. Meu pai ainda era muito pequeno.

Depois de uma pausa emocionada, a menina concluiu:

— Foi tocaiado e morto pelos índios tamoios.

— Tamoios! Os amigos dos franceses... — murmurou Beto.

— Os amigos dos franceses — confirmou Clarinha.

Os meninos se entreolharam com o mesmo pensamento.

53

— Nós precisamos falar com ele — disse Beto.

— E logo... — emendou Tonico. — Eu tenho impressão de que o tempo está passando mais rapidamente no lugar de onde eu saí. E estou começando a me sentir um pouco fraco.

— Pode ser... — concordou Beto. — Mas agora não é hora de desanimar. Nós também estamos chegando cada vez mais perto do segredo. Agora, só o menino Gregório pode nos contar qual era esse sinal.

Antes que o assunto fosse levantado, Clarinha pulou para cima da cama, acomodou-se na cabeceira e afirmou, num tom de voz que não permitia qualquer contestação:

— Eu vou com vocês.

MAIS UM DESAPARECIDO!

Enquanto os meninos navegavam em águas passadas, os habitantes de dois momentos diferentes de Caravelas se preocupavam com o paradeiro de seus filhos.

Para os pais de Tonico, há quase dois dias sem notícias do garoto, a angústia era maior.

Tudo tinha sido visto e revisto, virado e revirado. Nenhum sinal fora encontrado, nem em terra, nem no mar.

Com algumas décadas de diferença, o pai e a mãe de Beto acabavam de constatar o sumiço do filho. Também aí as primeiras buscas não levaram a nada. O mistério parecia ainda maior, porque o menino desaparecera à noite, depois de já ter adormecido em seu quarto.

Como fazia sempre, antes de se deitar, a mãe fora arrumar a cama do filho. À luz da pequena

lamparina, ela beijou o menino e arrumou suas cobertas. Verificou se as janelas do quarto estavam bem fechadas e, ao sair, apenas encostou a porta, que dava para o grande corredor central do casarão.

Pela manhã, quando seu pai se levantou, as portas estavam trancadas, como de hábito. Chamado diversas vezes para tomar o café da manhã, o garoto não apareceu. Só então descobriram que seu quarto estava vazio. Mas... ninguém tinha visto o Beto sair de casa.

Agora, eram duas as gerações de Prates a rezar diante do velho altar pelo aparecimento de seus filhos. Dois pais e duas mães com a mesma angústia, a mesma esperança e a mesma fé.

TERCEIRO SONHO

Dessa vez, o que demorou mais foi a partida. Neto, avô e tetravô estavam excitados demais para conseguirem pegar no sono com facilidade. Ajeita daqui, se arruma dali, a menina de um lado, os garotos do outro. Clarinha, apesar do nome, era bem mais morena que Beto e Tonico. O principal traço de semelhança física entre os três eram os olhos —negros e polidos, sempre prontos para soltar faíscas.

Depois de algum tempo incalculável e apesar do excesso de carga, a velha cama amarela cumpriu a sua missão. Era um veículo confiável! Tonico, o agitado, Beto, o ponderado, e Clarinha, a desconfiada, recuaram meio século e aportaram... em cima do pobre e sufocado Gregório!

— Socorro! Aqui, del-rei! Me acudam!

O menino acordou apavorado, achando que estava tendo o maior pesadelo. Os recém-chegados, como de praxe, pularam da cama e se perfilaram ao lado da cabeceira para saudar o dono daquele pedaço de tempo, de cama, de Caravelas. Pareciam três soldados, à espera da revista da tropa.

"Cáspite!", pensou Gregório.

Mais aliviado, sem o peso daquele bando de doidos em cima de sua barriga, o menino abriu, fechou e esfregou os olhos. Nada! Os três continuavam lá. Sentou-se na beira da cama, olhou para outro lado e depois voltou-se bem devagar, na esperança de que a miragem tivesse desaparecido... Nada!

Para surpresa de Beto e Tonico,

quem tomou a iniciativa das apresentações foi Clarinha. A menina estava maravilhada e comovida em conhecer o avô de que seu pai falava tanto. Com muita calma, aproximou-se de Gregório e o abraçou demoradamente.

"E agora? O que eu faço?", foi tudo o que passou pela cabeça de Gregório.

Nesse momento pintou uma súbita solidariedade masculina, e Gregório, com a cabeça meio afundada na touca de Clarinha, enviou um suplicante olhar aos dois meninos, que assistiam à cena. Sua mensagem aflita era bastante clara:

"Livrem-me desta assombração, pelo amor de Deus!"

Mais que depressa, Beto aproveitou a brecha, tratou de quebrar o clima e descontrair o ambiente.

— Eu sou o Beto, e este aqui é o Tonico.

Muito a contragosto, a afetuosa menina deu por encerrado o seu abraço, recuou dois passos e se apresentou formalmente com uma linda mesura:

— E eu sou a Clarinha.

Nessa hora, Gregório mostrou que era mesmo um menino valente. Perdeu de vez o medo das aparições, esqueceu as dúvidas sobrenaturais, pulou da cama e entrou de cabeça no inesperado jogo:

— Muito prazer. Muito prazer. Encantado, senhorinha... Eu sou o Gregório.

Depois de apertar as mãos dos três visitantes — felizmente todos de carne e osso — Gregório foi direto ao assunto:

— Como é que vocês vieram parar aqui?

Decididamente, aquele era um Prates prático e objetivo.

NOVAS PISTAS, ANTIGAS SUSPEITAS

A conversa explicativa com Gregório foi das mais fáceis. O menino não era do tipo de discutir mistérios e brigar contra evidências:

— Vieram do futuro? Ótimo... A Clarinha é minha neta? Tudo bem... Bela miúda! A cama leva a gente de um lado para o outro? Pois viva a cama! Alguém está querendo roubar Caravelas? Então... vamos à luta para defender o que é nosso!

Enquanto Beto, Tonico e Clarinha narravam a história dos duzentos anos seguintes da família, Gregório foi se lembrando de tudo que sabia sobre piratas e tesouro. Ele descobriu logo que conhecia algumas peças novas capazes de ajudar a montar o quebra-cabeça.

— Em primeiro lugar, meu velho amigo índio garante que o Galo Maluco estava escondendo por aqui todos os butins das pilhagens.

Quando o pirata veio apanhar o tesouro para voltar à França, meus bisavós Vasco e Inês, e também minha avó Maria, já tinham chegado dos Açores, e a casa estava sendo construída perto da montanha.

— Até aí a história está conferindo — comentou Beto.

— Quanto tempo faz que isso aconteceu? — perguntou Tonico.

— Vamos ver... — Gregório começou a calcular. — Nós estamos em 1792. Em cima da porta da casa, está gravada a data de 1730, quando ela ficou pronta. A chegada dos Prates e o ataque do pirata devem ter acontecido um pouco antes — uns setenta anos atrás.

Enquanto Gregório, muito animado, acrescentava a sua parte na história, Clarinha olhava para o menino com grande ternura... e um pouco

de pena. Ainda bem que ele não perguntara nada sobre o seu futuro. Era triste saber que dali a uns poucos anos ele ia morrer assassinado pelos tamoios.

— O tapuia só não consegue me explicar que tipo de sinal o pirata teria usado para marcar o local do tesouro. Uma hora ele fala em âncora, outra em pedras, às vezes diz qualquer coisa sobre ossos e caveiras...

— A âncora está encostada lá! — berrou Tonico.

— Eu sei... — disse Gregório. Mas eu acho que ela foi mudada de lugar quando construíram a casa.

E continuou em tom de segredo:

— Alguém já andou cavando por ali... mas não descobriu nada.

— Alguém!!? — berraram os três.

— Nós nunca conseguimos descobrir quem foi. O espertalhão entrou aqui de noite e abriu diversos buracos junto daquela pilastra de pedra. Pelo visto não encontrou nada... Foi embo-

ra deixando uma pá e uma cavadeira, que ainda devem estar em algum canto.

Assim como Tonico, Beto também começou a se sentir muito cansado. Aquela viagem em sonhos puxava muito pela cabeça... e pelo corpo. Embora não sentissem nem fome nem sede, eles estavam sem comer há muito tempo.

Os meninos sentaram-se no chão, enquanto Gregório terminava sua narrativa:

— Meu amigo índio, que é muito esperto e sabe identificar qualquer tipo de rastro, jura que deviam ser três pessoas: um branco e dois tamoios.

"Malditos tamoios!", pensou Clarinha.

— E agora? O que é que nós vamos fazer? — resmungou Tonico, desanimado. — Meus pais já devem estar desesperados com o meu sumiço. O pior é que o tempo está passando, e daqui a alguns dias vence a dívida com o banco. Se eu não voltar logo com o segredo do tesouro, adeus Caravelas.

— Não é justo! — exclamou Beto. — Depois

de tantos séculos de resistência, nós não vamos deixar seu pai perder as nossas terras.

— Os piratas já tentaram de tudo para recuperar o tesouro... — recapitulou Clarinha. — Roubo aqui, ataque e invasão no meu tempo, falsificação de documentos na época do Beto... e finalmente a hipoteca que o pai do Tonico assinou.

— Que raça teimosa! — grunhiu Gregório. — Não é à toa que os mais velhos juram que o Galo Maluco conseguiu escapar do naufrágio.

Beto criou ânimo, juntou forças e levantou-se decidido:

— Mais teimosos do que esses piratas somos nós! Deve haver ainda alguma pista ou algum caminho para a gente encontrar toda essa riqueza roubada.

Nesse instante explodiu nos olhos de Gregório o tradicional e familiar brilho das grandes ideias.

— Esperem! — ele berrou. — Existe a palavra misteriosa...

— Que palavra? — implorou Clarinha.

— Contam que quando minha avó Maria morreu, com um ataque de febre, ela passou horas repetindo uma mesma palavra. Ninguém nunca descobriu o que ela queria dizer com aquilo.

Enquanto Gregório falava, as pupilas das outras crianças também começaram a pegar fogo, e o porão se iluminou com a claridade de mil velas.

— Quem sabe ela estava querendo deixar uma pista sobre a localização do tesouro. Afinal... minha avó tinha mais ou menos a nossa idade quando o pirata atacou, e ela assistiu a tudo com os próprios olhos.

— E qual era a palavra? — perguntou Beto.

— Menorá! Meu pai, que ficou ao seu lado até o fim, jura que ela morreu murmurando: "Menorá, menorá, menorá..."

Os quatro se entreolharam por um minuto. Não havia tempo a perder. Beto deu a ordem de embarque:

— Todos a bordo!

A velha cama gemeu com a súbita carga. Gregório, marinheiro de primeira viagem, era o mais animado de todos. Ajoelhou-se junto à cabeceira, como se ali fosse a proa de um navio, e gritou para o mar sem-fim que os esperava:

— Em guarda, Pierre Maurice Lacombe Fenelon!

Mais discreto, Tonico falou:

— Dessa vez nós vamos depenar esse Galo Maluco.

A energia libertada pela decisão das crianças foi tão grande que, nas profundezas do tempo, um calafrio passou pelas costas de Le Coq Fou...

— Merde! — ele rosnou. — Alguma coisa de errado está acontecendo. É melhor eu ir buscar o meu tesouro.

Subiu no mastro principal, como fazia nes-

sas ocasiões e, agitando o chapéu de penas negras, ordenou à tripulação:

— Todos a postos! Içar velas e bandeira! Levantar a âncora! Leme a estibordo! Avante!

Na fusão desses instantes, o confronto tornou-se inevitável. Em algum lugar do tempo, uma cama amarela e uma escuna pirata entraram em rota de colisão.

Agora, a briga ia ser para valer.

CORRENTES DE AMOR

Em 1990, o clima no casarão era de completo desânimo. Tonico estava desaparecido há três dias, e dali a uma semana os Prates perderiam a fazenda. Diante do velho altar, a mãe renovava diariamente a sua promessa, de olhos fixos no santo guerreiro:

— Leve Caravelas, mas traga de volta meu filho.

Arrasado pelas duas perdas, o pai não sabia o que fazer. No engenho, novamente abandonado, os alambiques e retortas esperavam a provável vinda de um novo dono: jogo sujo do banco e de seu gerente.

Agora, passados três dias, ele sentia que Tonico estava correndo perigo. Mas, ainda assim, no fundo mais fundo do seu coração, alguma coisa lhe dizia que o menino se salvaria e logo estaria de volta.

À noite, na capela, ajoelhado ao lado da mulher, o pai concentrava toda a energia de sua vontade e de seu pensamento para mandar forças para Tonico:

"Volte! Volte! Volte!"

Ao mesmo tempo, em 1914, os pais de Beto continuavam a procurar o filho. O menino não podia ter se evaporado. Há dois dias não se tinha nenhuma notícia dele. Mas... devia haver uma explicação para o seu desaparecimento.

Um barco foi mandado a Paraty para trazer o comandante do destacamento militar da cidade e o padre da paróquia. Nem as buscas estratégicas de um nem as rezas fervorosas de outro trouxeram qualquer esclarecimento que ajudasse a desvendar o caso.

Algumas décadas antes, em 1863, o sumiço de Clarinha estava sendo atribuído a algum rapto, coisa dos bandidos que haviam tentado invadir a fazenda no ano anterior.

Com a ajuda dos antigos escravos, que haviam sido alforriados, todos os montes e matas da região foram vasculhados. Nem sinal de bandidos nem sinal de Clarinha.

À noite, em frente ao casarão, os negros passaram horas cantando e rezando pela volta da menina. O som grave dos dialetos africanos atravessava as grossas paredes da capela sobrepondo saravás e améns.

Impassível, em cima de seu cavalo, o São Jorge Ogum sorria diante da impotência do dragão.

Enquanto isso, numa manhã quente do verão de 1792, outra mãe tentava descobrir o paradeiro de seu filho:

— Gregório? Gregório? Onde será que esse menino se meteu?

Nenhum sinal, nenhuma resposta.

1990, 1914, 1863, 1792... A energia enorme da aflição e do amor de tantos pais e de tantas mães encontrou seu caminho no tempo, e um rio de força correu em direção ao passado.

MENORÁ!

Maria, filha de Vasco e de Inês, era uma menina tímida e silenciosa. Criada sozinha desde pequena, não tinha irmãos, não tinha amigas. Enquanto o pai ia para o mar ganhar a vida, e a mãe ficava cuidando da pequena casa muito branca, ela passava horas contemplando o horizonte azul e ouvindo as vagas memórias de sua avó Rachel.

À noite, já deitada na sua cama, ela escutava os pais sonharem com o dia em que deixariam a Ilha de São Jorge. A imagem do Cristo sobre a porta e a pequena chama da lamparina eram as únicas testemunhas dos projetos dos Prates:

"O Brasil! Um dia nós iremos para o Brasil!"

O Brasil! Maria não sabia quase nada sobre esse destino misterioso. Na sua sua imaginação, devia ser um lugar muito grande, uma espécie de

Canaã, a Terra Prometida que às vezes emergia das conversas descosturadas da velha Rachel. Nessas horas, a mãe sempre intervinha com rispidez:

— Não preste atenção em nada do que a sua avó diz!

A vigilância permanente e a proibição inexplicada só aguçavam a curiosidade da menina. Quando a mãe precisava ir até a aldeia ou ajudar o marido no desembarque do pescado, Maria pedia à avó que lhe contasse mais e mais coisas sobre aquele universo tão familiar e tão proibido.

Nesses poucos momentos, apesar do medo e da dificuldade de traçar um raciocínio coerente, Rachel conseguia passar para a neta farrapos da história de sua família. Eram fragmentos de nomes e de lembranças que, às vezes, pareciam formar um painel de formas precisas.

Platz... Amsterdã... Essas eram algumas das palavras sempre repetidas, entre crises de terror e histórias de fugas.

Muito devagar, Maria conseguiu tecer um en-

redo com as pequenas informações. Antes de virem morar naquela parte de Portugal, os Prates viviam num país chamado Holanda. O nome da família, num passado não muito distante, era Platz. Depois, por alguma razão terrível, que a menina não conseguia imaginar, foram obrigados a fugir para os Açores, mudar de nome e de religião.

Num dia de tempestade, em que a mãe estava no cais esperando a volta do marido, Rachel, muito assustada, entregou para a neta um estranho objeto. Era um grande candelabro de prata, que a velha guardava escondido entre suas roupas.

— Menorá! — ela disse.

Maria percebeu que aquele era um momento sagrado... e perigoso. Guardou o presente embaixo do colchão de sua cama. À noite, quando todos dormiam, apanhou o candelabro e sentiu nos dedos a prata fria. Apesar do medo do mistério, um estranho calor subiu pelo seu braço.

— Menorá... menorá... menorá... — ela repetiu baixinho, para não se esquecer.

Poucos dias depois, a avó Rachel morreu. Era um sinal. Os Prates decidiram que tinha chegado a hora de mais uma viagem, de mais uma mudança, de mais um salto na eterna esperança da liberdade:

"Brasil!"

Sem que Vasco e Inês percebessem, o candelabro de prata dos antigos Platz cruzou o oceano escondido no porão do veleiro. Ao seu lado, no mesmo baú, seguiram para o novo lar o crucifixo e uma imagem de São Jorge. Símbolos novos de uma mesma, teimosa e antiga fé.

"Terra à vista!"

ÚLTIMO SONHO

A chegada à nova terra — nova ilha — precedeu em poucos dias o encontro mágico de Maria com seus futuros descendentes. Enquanto Gregório, Clarinha, Beto e Tonico navegavam nas águas do tempo, a menina se deslumbrava com o calor das novas paisagens.

Seu pai e sua mãe, com a ajuda de outros colonos recrutados na região, ergueram um pequeno abrigo perto da praia, junto a um rochedo conhecido como Lapa das Gaivotas. O casebre foi mobiliado toscamente — fogão de pedra, mesa e bancos improvisados com toras de árvores derrubadas. Dos móveis da antiga casa nos Açores, apenas um acompanhou os Prates na longa viagem. Razões sentimentais:

"A cama da Maria está há tanto tempo com a família…"

Os índios tapuias, amigos dos portugueses, se aproximaram dos recém-chegados e os ajudaram de bom grado nas primeiras tarefas de assentamento: derrubada da mata, limpeza do terreno. Com o dinheiro, duramente amealhado, Vasco comprou telhas, encomendou portas e janelas a um artesão de Paraty e iniciou a construção da casa. O local escolhido, ao lado do riacho de águas claras, parecia fresco, seguro e agradável.

O perímetro da casa foi demarcado sobre a areia grossa — solo de cascalho, conchas e ossos de animais, restos calcários de sambaqui. O traço, simples, previa uma grande varanda de frente para o mar, salão, quartos dando para o corredor central, despensa e cozinha nos fundos.

Quando as fundações de pedra começaram a ser assentadas, apareceu a velha e pesada âncora, meio afundada no solo. Depois, perto dela, um esqueleto com a caveira arreben-

tada por um tiro ou uma pancada. Coisas mais ou menos naturais naqueles tempos e lugares. Fascinada com a sua aventura brasileira, a menina acompanhava de perto o trabalho de construção da casa.

Um dia, brincando perto da âncora, Maria foi ofuscada por um reflexo estranho. A luz do sol revelou o brilho de alguma coisa enterrada no chão. A mãozinha rápida cavou a areia e descobriu uma taça de prata... e depois colheres... e facas... e pratos.

Uma olhada rápida em volta revelou que ninguém tinha observado a descoberta. Só um menino tapuia que brincava no córrego poderia ter visto a cena. Mas, aparentemente, ele estava muito entretido com seus peixinhos... Mais que depressa, a menina enterrou de novo os objetos. A âncora — ela percebeu — era a marca daquele lugar.

Na tarde seguinte, depois de passar a manhã brincando na praia, Maria deitou-se na sua

cama para descansar. Era domingo e o pai estava pescando no costão. O barulho do vento nas árvores e das ondas quebrando na Lapa das Gaivotas trouxe o sono, os sonhos... e os quatro visitantes.

A chegada dos jovens Prates deixou Maria confusa. Ela não sabia se estava dormindo ou acordada. Duas ideias passaram pela sua cabeça:

"Ou são um bando de fantasmas... cruz-credo!... ou crianças que moram no outro lado da ilha".

A segunda hipótese era bem menos assustadora, e a menina achou melhor embarcar nela. Afinal, aquela terra estava lhe reservando uma surpresa a cada dia...

Beto, Tonico, Gregório e Clarinha perceberam logo que estavam sendo recebidos como visitas de carne e osso, e isso facilitou muito as apresentações. Já que Maria achava que eles eram seus vi-

zinhos... melhor assim. Com uma troca de olhares cúmplices, todos acharam melhor esquecer por um momento os seus parentescos.

— Pois é... — falou Beto, cutucando os companheiros de viagem. — Nós moramos aqui por perto e viemos conhecer você.

Mesmo estranhando as roupas esquisitas que os quatro vestiam, Maria tratou de vencer a sua timidez e aproveitar aquela oportunidade única de poder brincar com crianças da sua idade.

— Vocês querem conhecer a casa que meu pai está construindo?

Aquele convite era tudo o que os outros queriam ouvir. Os cinco saíram correndo pela praia — muito conhecida de todos —, entraram pelo riacho e logo estavam pulando entre as pedras dos alicerces da construção.

Maria, habituada a se divertir apenas com as suas fan-

tasias, nem conseguia entender o que estava sentindo. Alegria por ter com quem conversar, orgulho pela obra do pai, vaidade por ser solicitada...

— Aqui vai ser a varanda, ali a cozinha, e bem aqui em cima vai ficar o meu quarto.

Quando Tonico bateu o olho na âncora sentiu que sua longa viagem estava chegando ao fim. Ela estava em outro lugar do futuro porão — bem distante do ponto onde se encontrava no tempo de Gregório. O menino de 1792 tinha razão. Alguém iria tirá-la daquele lugar.

— Não brinquem aí perto! — sem querer, Maria se traiu.

Os quatro, com muito jeito para não assustar a menina, começaram a perguntar o porquê daquela proibição. Ela gaguejou, ficou vermelha e tentou mudar de assunto.

— O meu pai disse que é perigoso...

Silêncio geral. Maria queria sair correndo para não ter que revelar o seu segredo, mas o coração solitário pedia que ficasse junto daqueles amigos. Quanto mais ela se atrapalhava, mais os

outros tinham certeza de que o tesouro estava enterrado ali.

Com o apoio dos meninos, Clarinha resolveu abrir o jogo.

— Não tenha medo, Maria. Nós sabemos qual é o seu segredo e viemos até aqui só para ajudá-la a proteger o que é seu... e que um dia será nosso. O Tonico, daqui a muitos anos, vai precisar desse tesouro para salvar Caravelas.

Nesse momento, tiros de canhão de uma escuna, que se aproximava pelo lado oposto da ilha, avisaram aos Prates que suas terras já estavam sendo atacadas.

— Lá vem o maldito! — berrou Beto.

O pai de Maria voltou correndo do costão para tentar salvar a família. A bandeira negra, com a caveira e os ossos cruzados, apareceu atrás da Lapa das Gaivotas. A escuna entrou no canal e parou em frente à praia.

— Ele vai nos bombardear... — esbravejou Tonico.

Dito e feito. Quando o agitado Le Coq Fou, no alto de seu mastro, viu as crianças brincando entre as fundações da casa, enlouqueceu de vez:

— Recarreguem todos os canhões! Apontem para aquelas pedras! Fogo!

As crianças se jogaram no buraco mais fundo enquanto as primeiras balas passavam sobre suas cabeças. Nesse instante, a famosa luz dos Prates brilhou nos olhos de Gregório:

— A âncora! Temos de mudar a âncora de lugar!

— Vocês fiquem por aqui — ordenou Beto para as meninas.

Os três garotos saíram rastejando do abrigo e correram para o lugar onde estava a âncora. Enquanto a escuna continuava atirando, Gregório, Beto e Tonico tentavam inutilmente arrastar a marca do tesouro para outro lugar. A peça era muito pesada.

— Nós não vamos conseguir... — gemeu Gregório.

83

— Vamos sim! — berrou Clarinha.

As meninas correram para ajudar os garotos, e a força somada dos cinco pequenos Prates fez a âncora desgrudar do chão. Puxa daqui, puxa dali, ela foi arrastada para o outro lado da casa. Enquanto isso, no alto de seu poleiro, Pierre Maurice Lacombe Fenelon se descabelava com a má pontaria de seus marinheiros:

— *Merde! Merde! Merde!*

Para piorar a situação, uma súbita e inexplicável tempestade começou a se formar bem em cima da cabeça do Galo Maluco. O ruído dos canhões e dos trovões começou a se sobrepor numa única e infernal barulheira.

Com medo do bombardeio, que não parava, as crianças resolveram se arriscar a deixar o abrigo e saíram correndo pelo riacho em direção ao casebre da Lapa das Gaivotas.

— Maria! Maria! — o pai e a mãe da menina chamavam, atônitos com tudo o que estava acontecendo, entre os tiros, ameaças, insultos em francês e agora a escuridão causada pela tempestade, enquanto corriam de um lado para o outro da praia à procura da filha.

Quando a chuva começou a cair, as crianças chegaram esbaforidas ao casebre. A cobertura de sapé estava a ponto de levantar voo no meio do vendaval. Os viajantes, cumprida a missão, estavam querendo voltar o mais rapidamente para seus tempos, seus pais e suas mães.

— Adeus, amiga. Adeus, adeus, adeus...

Um a um, todos abraçaram e beijaram Maria, antes de embarcar na cama. Quando chegou a vez de Tonico, ela segurou a mão com carinho e sussurrou-lhe no ouvido:

— Menorá... Eu vou deixar um grande candelabro marcando o lugar verdadeiro do tesouro.

Assim que o mais moço dos Prates pulou sobre a cama, o chão tremeu com o ruído de um trovão muito próximo.

— *Merde*!

O raio tinha atingido o mastro da escuna, e o Galo — agora Maluco e Chamuscado — acabara de bater asas de seu poleiro. No mesmo instante, Gregório, Clarinha, Beto e Tonico iniciaram sua viagem de volta.

— Minha filha!

Quando o pai e a mãe de Maria entraram no casebre, a menina estava sozinha. E sua cama, vazia.

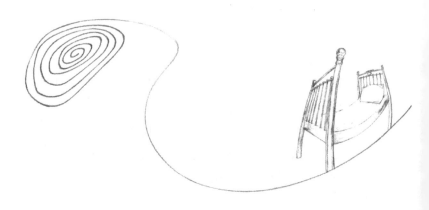

DE VOLTA AOS PRESENTES

A viagem de volta foi rápida. Para alívio de quatro gerações de pais e mães, os jovens Prates foram acordando nos seus tempos e lugares: Gregório, em 1792; Clarinha, em 1863; Beto, em 1914; e, finalmente, Tonico, em 1990. Nunca o altar de Caravelas escutou tantas preces de agradecimento.

De todos os viajantes, Tonico foi o que ficou mais tempo longe de casa. Quando o menino despertou, deitado na velha cama amarela, mal teve forças para se arrastar até a saída do porão.

— Papai! Mamãe! Socorro!

Quase inconsciente, com sede, fome, roupas encharcadas de suor e muita febre, ele foi carregado para o seu quarto. Assim que sentiu que os pais estavam ao seu lado, ele murmurou:

— Menorá... menorá...

Em seguida, e dessa vez para valer, Tonico

adormeceu, exausto por tanta emoção. A água da bica, a toalha fresca na testa, o vento suave que entrava pela janela, o sorriso do pai e a felicidade da mãe trouxeram aos poucos de volta a temperatura e a consciência do menino.

— Ave-Maria, cheia de graça...

Enquanto o filho adormecido se recuperava, velas e mais velas eram acesas na capela diante do sorridente São Jorge familiar.

— ... o Senhor é convosco, bendita sois vós...

Dois dias depois de sua volta, o menino abriu os olhos e pediu:

— Quero uma travessa de croquetes de banana!

Estava curado. Tonico sorriu... agora só precisava terminar o trabalho. Informado pelo pai de que ainda faltavam cinco dias para vencer a hipoteca, ele festejou aliviado:

— Ganhamos a batalha... Caravelas é nossa!

Antes que o pai e a mãe achassem que ele estava delirando novamente, o garoto, com muita tranquilidade, pediu:

— Por favor, não perguntem nada e venham comigo.

Os adultos passaram com dificuldade pela portinha do porão. Lá dentro, meio encolhidos e muito espantados, eles seguiram o filho até o lugar onde estava a cama amarela.

— Sentem-se aqui — pediu Tonico.

O pai e a mãe, cada vez mais perplexos com a segurança do menino, obedeceram.

— Agora eu vou precisar da ajuda de vocês. Escondida em algum lugar, aqui dentro, está a salvação de Caravelas. Nós só temos que encontrar o menorá.

De novo a palavra estranha! Os pais se entreolharam preocupados. Será que a cabeça do menino...

Tonico percebeu a desconfiança e tratou logo de esclarecer:

— O menorá é um velho candelabro de prata. Ele deve estar a uns dez metros da âncora.

O pai sorriu. Muitos anos atrás, ele também tinha brincado naquele porão:

— Pelo que eu me lembro, a âncora deve estar... daquele lado!

A mãe, boquiaberta, ficou assistindo à cena. Agora eram dois meninos remexendo nas velharias da fazenda. Vira daqui, procura dali...

— Achei! — berrou o pai. — A âncora está aqui!

Tonico correu para onde estava o colega de buscas.

— É ela mesmo. Ainda está onde nós a deixamos.

Ninguém entendeu a última informação, mas não era hora de discutir detalhes. Tonico se postou ao lado da âncora e tentou rememorar de onde os pequenos Prates tinham arrastado o objeto. De repente, uma luz — a velha luz das grandes ideias — brilhou na penumbra do porão:

— Eu vi o menorá quando estava conversando com Clarinha! Ele estava... ele estava... ele está *ali*!!!

Tonico gritou com tanta convicção e entusiasmo que, dessa vez, até a mãe correu para o lugar indicado. Afastados alguns móveis e jogados para longe os trastes empilhados ali, o contorno do castiçal apareceu nítido na poeira do chão.

— É ele... — soluçou emocionado Tonico.

O menino ajoelhou-se comovido e, com o cuidado de quem vai quebrar um silêncio de quase três séculos, pegou o menorá e murmurou:

— Obrigado, Maria. Obrigado, Gregório. Obrigado, Clarinha. Obrigado, Beto.

Os pais, abraçados, assistiam à cena. Alguma coisa sagrada estava acontecendo naquele momento. Tonico entregou o candelabro para a mãe:

— Guarde com carinho. Ele veio dos Açores com a nossa família.

Depois, com o riso aberto de quem ganhou o mundo, abraçou o pai gritando:

— Aqui embaixo está enterrado o tesouro do pirata francês! Adeus hipotecas! Adeus dívidas! Adeus bancos! Caravelas será para sempre nossa!

EPÍLOGO

O tesouro estava lá mesmo. Além da prata do Potosi, havia ouro das Gerais e dos Martírios, diamantes da Chapada e esmeraldas dos Goyases.

Belo trabalho, Galo Maluco! *Merci, monsieur* Le Coq Fou! *Adieu,* Pierre Maurice Lacombe Fenelon!

Fin

MAPA TEMPORAL DOS PERSONAGENS

Geração	Ano/Cenário	Personagem	Idade
Primeira	1730/Açores	Rachel, mãe e sogra de	60 anos
Segunda	1730/Açores e Brasil	Vasco e Inês, pais de	30 anos
Terceira	1730/Brasil	Maria, avó de	10 anos
Quinta	1792/Brasil	Gregório, avô de	10 anos
Sétima	1863/Brasil	Clarinha, avó de	10 anos
Nona	1914/Brasil	Beto, avô de	10 anos
Décima primeira	1990/Brasil	Tonico	10 anos

AUTOR E OBRA

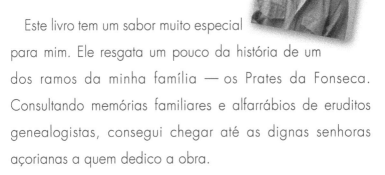

Este livro tem um sabor muito especial para mim. Ele resgata um pouco da história de um dos ramos da minha família — os Prates da Fonseca. Consultando memórias familiares e alfarrábios de eruditos genealogistas, consegui chegar até as dignas senhoras açorianas a quem dedico a obra.

Meu muito obrigado a todas elas — pela vida, é claro, e pela história.

Outra coisa importante: na hora em que escrevi o *Fin* do final do livro, dei um suspiro de alívio (como faço sempre), olhei para o relógio, para a folhinha e anotei: dezesseis horas do dia 18 de novembro de 1992.

Que alegre coincidência! Se é que isso existe... Hoje, caso meu pai ainda estivesse vivo, seria o dia do seu aniversário e ele estaria fazendo 88 anos. *A cama que sonhava* seria, com certeza, o meu presente para ele. De qualquer forma, fica sendo.

Afinal, foi o velho Beto quem me contou boa parte dos causos dos Platz que viraram Prates, e me ensinou a respeitar e a amar o passado que está presente em mim. E que agora, cumprindo meus deveres de filho, de escritor e de pai, passo para frente.

Carlos Queiroz Telles

Nota da editora: Carlos Queiroz Telles faleceu em 17 de fevereiro de 1993, no momento mais criativo de sua carreira.